NOUVELLE ÉDITION

DE

L'ARÉOPAGE DES BOIS,

ET

DES VERS SUR LA MORT DU PRINCE LÉOPOLD,

AUTRES VERS ET QUATRAINS, VOYAGE DE L'AUTEUR AVEC
SON SYLPHE, DANS LES RÉGIONS ÉTHÉRÉES.

Par M. Bohaire-Dutheil,

ANCIEN AVOCAT, ANCIEN OFFICIER DE MONSIEUR,
PENSIONNAIRE DE S. A. R.

Admirons ce grand Roi, s'appliquant à gagner
L'estime de l'Europe, il sait vaincre et régner.
Détrôné par la force, il reprit son royaume,
Moins comme un conquérant, qu'en vrai sage et probe homme.

A MEAUX,

DE L'IMPRIMERIE DE DUBOIS-BERTHAULT.

1822.

L'ARÉOPAGE
DES BOIS.

Tout le monde le sait, maître Lion aux bois,
Est un vrai souverain, s'il rédigeoit des lois;
Animal ne seroit, qui voulut les enfreindre,
Oui, de sa gueule et griffe, il auroit trop à craindre.

Or, un jour qu'il voyoit un désordre étonnant,
Parmi les animaux, un chacun disputant
Sans pitié se manger et les uns et les autres.

Il n'est dit-il malheur qui surpasse les nôtres;
Cependant le monsieur dévoroit aussi fort
Que pas un de ces bois, se plaignant de son sort,
Et le voulant changer, il vint à son idée
De tous les animaux tenir une assemblée.

Eux duement convoqués, il leur annonce à tous
Très-brillante fortune, et destins les plus doux.

» Je vais créer enfin, un grand aréopage,
On pourra vous juger de manière fort sage;
Il s'agit donc, messieurs de former ce sénat
Qui sera d'après moi, le premier de l'état.

Ce seroit parmi vous, entre vous autres bêtes,
Que je voudrois choisir, bonnes, savantes têtes;
Pour décider de tout en querelles, débats,
Châtier les mauvais et renvoyer les plats.

Comme les sénateurs auront de l'importance
Je n'en admettrai point qu'il n'ait de la finance,

C'est un petir tribut pour mes menus plaisirs,
Telle est ma volonté, tels sont mes vrais désirs;
D'après cela voyez qui veut s'ouvrir en charge
En honneurs et profits, carrière très-large.

　A peine eût-il parlé, que deux mille baudets
Offrirent d'acheter le droit de rendre arrêts,
Chacun se mit à rire, à voir telle jactance,
C'étoit de tel sénat, avilir l'importance :
Or, l'on cita Boileau, qui prôna les baudets,
Et qui même aux docteurs préféra leurs sujets.

　Mais pourtant les chameaux, gens habiles, honnêtes,
Ne vouloient point s'unir avec de telles bêtes.

　On vit aussi paraître et des geais et des paons,
Même beaucoup de loups se mirent sur les rangs.

　Des serpens, des renards, des singes, des panthères,
Voulurent prendre aussi le timon des affaires,
Des oisons et des ours, jusqu'à maître corbeau
Qui fit ronfler sa voix pour le sénat nouveau.

　Sire lion voyant bien disposer son monde,
Très-content que sa cour en bons sujets abonde.
» Je vais en cet instant déterminer mon choix,
Dit-il, « vous connoîtrez mes projets et mes loix,
» Et d'abord je prétends que mon aréopage
» Ait six cents sénateurs, y compris un chef sage;
Je lui donne pouvoir sur les biens et l'honneur,
Or, il pourra de tout, disposer sans frayeur.

　Quand pour son intérêt, ou bien par fantaisie,
Il voudra faire perdre et l'honneur et la vie,
N'importe la raison, je lui cède ce droit.

　Mais sur-tout de la forme, il faut en tout endroit
Qu'on fasse un bon procès, au fond s'il est injuste
Il ne peut concerner que mon pouvoir auguste.

Afin d'exterminer tous auteurs de forfaits,
Et des bons citoyens, remplir les grands souhaits,
Je prétends que son glaive ait venin de reptile,
Je veux que du serpent il ait piqûre utile;
Qu'égratigné par lui, nul ne puisse guérir,
Et qu'à tort ou raison, on n'ait plus qu'à mourir.

Je veux que la blessure aille de race en race,
Qu'aux plus petits neveux, on la reproche en face.

On pourra pendre aussi, mais les pauvres surtout,
Les riches j'en exempte, et suis en ce mon goût.

Or, je vous conterai mes autres fantaisies
Et pour le criminel beaucoup de tragédies;
Je me borne à présent à choisir mes sujets,
Pour former mon sénat, je prends trois cents baudets,
Et je choisis le reste entre loups et panthères,

Singes, corbeaux, coucous, pourront juger affaire;
De mon aréopage, on sera satisfait,
Et n'importe au surplus, j'agis comme il me plait.

A présent il me faut quelque bon politique
Pour pouvoir diriger la défense publique,
Il est dans ce pays un loup fort entendu.
Pour avocat du fisc, je prends l'individu.

Le loup dont il parloit, grand bavard sans conduite,
Etoit bien un roué, qu'on disoit en faillite.

Le citer par son nom, c'étoit d'un gros coquin,
Présenter le tableau faussaire et libertin;
Il flétrissoit sa gueule en disant des mensonges,
Et pour des faits très-vrais, il nous citoit des songes...
Pour plaider, il falloit avocats, procureurs,
Secrétaires aussi.... Plus des entremetteurs.....

On prit pour avocats les paons et les cigales,
Espèce glorieuse et très forte en cabales.

La cigale sur-tout ayant bon appetit,
Fort habile à chanter, puis à vivre à crédit.

A ces beaux avocats on donna la licence,
De perdre un citoyen sans raison, ni sentence :
De n'accueillir par fois, que leurs vrais cabaleurs,
De couronner leurs sots, les plats et les flatteurs.

Neuf cents furent choisis, dont treize en opulence,
Quarante moins aisés, le reste en indigence.....

On pourroit s'avancer en sifflant le talent,
Et par la calomnie être un vrai charlatan.
Quand à leur patrimoine, ils pourroient en justice
Intenter action mais par un sot caprice ;
Pour leur sang.... leur travail... il étoit accordé
Qu'on chasseroit celui qui l'auroit demandé.
Or, il falloit de plus certaine vernissure,
De l'esprit du sénat, pour masquer l'imposture.

On élut procureurs, renards et pélikans
Ayant différens goûts, adroits, assez savans,
Mais le sénat voulut, que peau de loups ils eussent,
Qu'en étant revêtus loups garouts ils parussent?
C'étoit sur eux ainsi, que les nouveaux robins
Rejetteroient leurs tours et ruses de coquins.
Eux seuls devoient payer vacations, épices,
En très-bons patiens se charger de leurs vices...

Et malgré qu'en richesse, on vit les pélikans,
Surpasser de beaucoup, les cigales, les paons,
Voulant s'encanailler, ils auroient la folie
D'aimer qu'on pût unir l'ordre à leur compagnie.

Des ânes, des mulets furent élus greffiers,
Et parmi des grands chiens, on choisit les huissiers.
Au secrétariat on mit le crocodile,
Animal amphibie, à piller fort habile.

Tel fut l'aréopage, or donc, sire lion
Le formant de la sorte eût-il tort ou raison?

    Ami lecteur, c'est vous que je prends pour arbitre;
Pensez et méditez, j'ai fini mon chapitre.......

    Je n'insulte personne, ou beaudet, ou corbeau,
Chacun est comme il peut, on se feroit plus beau,
Honnête et plus habile en ce désordre extrême,
Si suivant son envie on se faisoit soi-même.

Si le... F... D... vouloit, je m'appellerois J.. J..
Mais le.. B... D... ne veut pas, Je m'appel... N....

Nota. Cet aréopage est un de mes plus Anciens Apologues; il
ne faut pas en induire, comme le pourroient faire des méchans et
des mauvais plaisans, que je méprise la magistrature et ses officiers
subalternes. Dieu m'en garde, j'ai au contraire manifesté toute ma
respectueuse considération... Mais les abus.... les abus... Voyez
mon Frondeur de l'iniquité. En voici le paragraphe : *diligite justitiam*,
etc. Voyez la suite ainsi conçue : Sévère détracteur, etc ... Voyez
aussi la note 4 sur mes projets de loi. N'oubliez pas non plus mes
variétés imprimées vers le mois de novembre 1808, à l'occasion de
mon épitre en vers à Napoléon, voici mes quatrains à ce sujet :

    Si je voulois dépeindre un vrai Dieu sur la terre,
D'un bon juge au barreau, je ferois le portrait,
Rendre à chacun justice, ha! le beau caractère !
C'est celui de Dieu même, et c'est Dieu *trait* pour *trait*.

    Dans le vrai magistrat, la veuve et l'orphelin,
Le pauvre et l'opulent placent leur confiance,
Et l'auguste sagesse est l'organe divin,
Qui de leurs droits sacrés définit la substance.

    Signalez un bon juge et vous verrez l'image
D'un loyal citoyen... du juste et du vrai sage,
Sa démarche est réglée... il a l'air sérieux,
Et la gravité suit cet homme vertueux....

VERS

SUR LA MORT DU PRINCE LÉOPOLD.

Pour sauver des mortels, un Dieu se sacrifie,
Dans l'abîme des eaux, Leopold perd la vie....

Jadis, du grand Condé pour célébrer la gloire,
 Les hauts fai s, les vertus,
  On proposa mille écus.

» Ce n'étoit pas un gros sol par victoire....
 Disoit l'auteur qui d'un stile précis
 Sut très-bien gagner le prix.

S'il osa marchander pour si noble besogne,
On peut bien l'imiter sans être de gascogne.

Or du grand Léopold, pour chanter les vertus,
 Le bon cœur, la mémoire,
Son Altesse d'Artois, en contemplant sa gloire,
 Nous propose aussi mille écus.

  Et d'abord cette somme,
 En conscience, Monseigneur,
Est si foible à présent.... quel travail pour l'auteur,
 S'il lui faut remporter la pomme.

 Très-volontiers, j'entreprendrai les vers,
  Et s'ils éprouvent du revers....
 Hé bien, j'aurai montré mon zèle
Pour prôner un héros qui vous sert de modèle.

Mais mille écus..... ha ! d'honneur,
Ce n'est pas trop.... monseigneur.

Je ne saurai jamais dépeindre ce courage,
Cette vigueur de l'âme insensible au danger,
   S'échappant du rivage...
Sur un bateau si frêle on l'a vu naviger...
De ses moindres sujets cherchant la délivrance...
   Quels sentimens... quelle vaillance....
Dieux..... l'amour maternel, de semblable action
Seul, peut fournir l'exemple, ô grand prince, oui ton nom
Suffit pour définir le héros et le père,
Le citoyen, l'ami, le bon fils, le vrai frère.

Hem... assez bien... mais, mais d'honneur...
Mais mille écus... c'est bien peu, monseigneur.

   Il faut pourtant finir.... ô mort... cruelle image....
Qui pourroit exprimer les transports et la rage
Du bon peuple témoins de l'énorme péril....
D'un gouffre et d'un torrent, il traverse le fil.....
Le voilà donc... le plus humain des princes......
Grand Dieu.... Poëtes froids... ha ! plumes minces ! ! !
   Non, non, il n'est point de pinceau
Qui puisse dessiner un si touchant tableau...

» POUR SAUVER DES MORTELS, UN DIEU SE SACRIFIE,
» DANS L'ABIME DES EAUX LÉOPOLD PERD LA VIE.

Je le redis, ô tendre... ô superbe action...
      Et la description...
Je trouve tout mauvais... la tête à la torture....
   Ciel, quel affront pour la littérature,
      Mais aussi, mais d'honneur,
   Mais mille écus, c'est si peu, monseigneur.

Travaille mon esprit, tu n'a rien fait encore,
　　Que ne te faut-il pas éclore?
　Enfin vous.... Monseigneur d'Artois,
Le frère de Monsieur et du meilleur des Rois,
La Reine, le Dauphin, neveux, nièce, Madame,
Oui tout.... de mon ardeur, doit animer la flamme,
　　Il faut un compliment,
Ou bien avec raison on sera mécontent.
Vraiment de Léopold vous avez la vaillance,
　　Les sentimens, la bienveillance.

　　Mais aussi, d'honneur,
Mais mille écus, c'est bien peu, monseigneur.

Pour un robin, ou l'homme de finance,
Le moindre athlete, à l'escrime, à la danse,
　　Valet, chanteur, comédien,
　　Dix mille écus... bas... ce n'est rien...
　　Et pour vanter une oction sublime,
　　De Léopold, ce prince magnanime,

　　Mille écus, ha !... d'honneur...
Ce n'est pas assez, monseigneur.

Mais c'est trop s'arrêter sur le prix de la gloire,
Les écus sont très-peu, le tout c'est la victoire.

On auroit toujours du parler ainsi aux grands, et surtout à Mgr.
d'Artois, on pouvoit hardiment être zélé et sincère avec un prince
aussi bon, aussi aimable ; il falloit, ainsi que moi et d'autres,
tels que feu monsieur le bailly de Crussol, cordon bleu ;..... son
capitaine des gardes... et plusieurs personnes distinguées... il falloit
ne pas redouter trop souvent le *tu es ille vir* du père La Chaise.
— L'expérience a fait connoître plus d'une fois, comme on l'a déjà
dit de nos jours. que la jeunesse du prince, pouvoit être un beau
printemps pour les roses, comme son âge mur est maintenant une
riche automne pour les fruits délicieux... Nous autres officiers pen-

sionnaires, receveurs *sémestriers* au trésor du prince, nous avons dés nouvelles plus particulières sur ces fruits délicieux ; ainsi que je l'ai démontré dans la page 4 de mon second placet imprimé l'année dernière, pour tout le bien fait par les ordres du prince, aux malheureux, aux pauvres....

Du reste mille écus formoient une somme très-convenable ; le contraste est donc la plaisanterie du gascon précité. — C'est ce même monsieur Terrasse, dont j'ai parlé à la page 30 de mon souper du Président. C'étoit mon ancienne connoissance, il étoit officier de la Reine, il a gagné le prix. — Comme son collègue poëte, voici à ce sujet les vers que j'ai fait contre les siens:

» Une fadeur pompeuse — Ne paraît qu'ennuyeuse, — Et malgré la faveur, — Elle est toujours fadeur. — Ciel à quel triste ouvrage — L'académie a donné son suffrage... — Terrasse est l'auteur couronné. — Sur l'é posez virgule, on le verra berné... »

Il faut donc se reporter à la page 30 de mon Souper ; j'ai dit du bien de M. Terrasse, et la critique que je viens de citer est le *genus irritabile vatum* d'un auteur qui préfère par fois ses vers à ceux des autres, même de ses amis, surtout quand ils ne sont point le résultat de la fadeur et de l'adulation. — En citant le bailly de Crussol, je dois citer aussi S. Exc. Mgr. Mathieu de Montmorency, le ministre, seigneur fort énergique de cette époque, et mon ancien protecteur.

Pour prouver son affabilité et celle du prince, il faut que je parle d'une anecdote... Un jour, étant de service, le prince me dit : » Faites entrer Mathieu. — Croyant qu'il s'agissoit d'un valet de pied, je répète avec un ton fort impératif « *Monseigneur demande Mathieu. Faites entrer Mathieu*, sur-le-champ ce seigneur passe, moi de dire ce n'est pas lui qu'on demande, et sur l'affirmative du premier gentilhomme, feu monsieur le duc de Maillé, père, nous tous de bien rire...

Quoiqu'il en soit, j'en veux un peu à l'illustre Mathieu, puisque *Mathieu* il y a... En effet, S. Exc. n'a point répondu à l'envoi que j'ai eu l'honneur de lui faire de mon dernier ouvrage, quoique comme je l'ai dit, ce seigneur ait déjà été mon protecteur.

J'aurois à parler aussi d'une anecdote sur un nommé Hulot (*) officier municipal, fils de l'excellent avocat du même nom, feu

(*) *Nom en lair.*

mon ancien confrère, contre qui j'ai plaidé et gagné une célèbre cause; j'aurois, dis-je, à parler de ce jeune homme, tout aimable qu'il soit sur sa *crasse* ignorance, pour l'honneur et considération, qui étoient attachés aux moindres officiers du service de la cour, tels que ceux d'officiers, garçons de la chambre, valets, écuyers, huissiers. Voyez encore à ce sujet les pages 26 et 30 précitées, de mon souper du Président.

J'avais eu affaire à ce jeune homme, officier de municipalité de la capitale, pour une légalisation; il m'avoit d'abord comblé de politesses, comme ancien collègue; ayant plaidé avec son père, il s'étoit tout-à-coup refroidi d'une manière fort affectée, dès que le sujet de ma légalisation lui eut appris que j'étois ancien écuyer, huissier du cabinet, quoique ce fut en cour....

Plus d'une fois et dans les grandes occasions, les officiers municipaux, ses collègues, ceux de la capitale même, se sont fait un honneur de servir à table le souverain et les princes. — Le prince Condé n'étoit-il pas le 1.er maître-d'hôtel du Roi, etc... nous l'avons souvent dit, le prince sur le trône, est le prêtre à l'autel.... Alors chacun sert le premier officiant... et s'en fait honneur...

Revoyez donc les pages précitées 26, 30, etc.

MÉLANGES.

Cɛcɪ n'est point une sornette, — Il n'est plus de poëte, — Disoit un feuilliste envieux : — Pourtant le cuistre crapuleux, — Sans nous parler encor de Piron et *Bolaire*, (*) — Dès-lors pouvoit compter Crébillon et VOLTAIRE....

Souvent on l'a bien dit, et chacun le répète, — Quand un véritable poëte, — N'est pas académicien, — L'académie n'est rien. — De l'art telle est l'excellence, — Que là surtout il fixe sa présence. — Ne l'a-t-on pas vu pour Piron ? — Bien qu'il ne fut pas un Caton, — Or, si nous n'étions pas de plus justes Apôtres, — On le diroit encore pour bien d'autres.

Une femme du port, très-aimable coquette, — Se laissoit compter fleurette.. — Surtout par un gros marinier. — Celui-là vaut bien un chevalier, — Lui dit une petite maîtresse, — De friande et galante noblesse...

Les trois Grâces, l'autre jour, — Dans un bosquet promenoient l'amour, — Ce dieu léger comme un jeune aigle, — Tranchoit du bon espiègle, — En folâtrant, il voltigeoit, — Et ses jolies sœurs agaçoit. — Soit besoin, ou fantaisie. — Tout-à-coup il lui prend l'envie — De faire son petit tour. — Les graces aussitôt, d'imiter l'amour, — Or Momus sous un arbre, épiant les fillettes, — Rioit de voir pisser ces aimables poulettes... — Beaucoup plus tu rirois, dit le lutin d'amour, — Si tu lorgnois à nud la façon du grand tour....

Sur un acacia, non loin de l'hipocrène, — Un rossignol chantoit des vers de Melpomène, — Survint un groupe de crapeaux, (**)

(*) *Nom en l'air, et quand aux feuillistes envieux.... il faut admettre bien des exceptions, il ne faut pas oublier non plus comment Racine les nommoit...*

(**) *On ne croit pas que ce fussent des crapeaux, mais bien une jolie volatille, qui par fois a la foiblesse de se laisser gagner, surprendre par quelques insolens et grossiers chefs de prolétaires, et*

— De grenouilles et de corbeaux, — Un étourdissement fit tomber
Philomèle, — Dans cet amas impur, tant mâle que femelle, —
Au lieu de secourir notre reine du chant, — des crapeaux la frap-
poient en tête et par le flanc ; — Jupiter l'ayant vu, ce Dieu lança
sa foudre, — Le groupe immonde, ou vil fut bientôt mis en poudre. —
L'aimable rossignol s'élevant vers les Dieux, — Continua ses chants
sur terre et dans les cieux.

Un jour certain Pierrot, — stimulé par quarante ou bien un seul
Nigot, — Suivoit ardemment Philomèle, — Croyant son chant
digne d'elle, — Mais le gille fut tant sifflé, — Que de son faux
mérite, il fut déboursoufflé. — Combien voit-on parmi nos zoïles,
— De ces petits imbéciles !...

Un beau chardonneret, fut démonté d'une aîle, — Forcé d'aller
à pied par carrefour, ruelle, — Il rencontroit des rats, — il trou-
voit des crapeaux : — Qu'un seul malheur, dit-il, ha ! nous cause
de maux... — Mais pour le consoler, et l'amour et les grâces, —
Souvent marchoient de près sur ses traces...

Un pélikan, par sa raison. — Excitoit les traits de l'envie, —
Et chacun dans les bois, du sage, ou du Caton, — Se plaisoit
à frauder et les mœurs et la vie. — Des guenons, des corbeaux,
venoient lui rire au nez, — Enfin par les grisons, il étoit fort berné.
— Mais des plus grands Lions méritant les suffrages, — Il bravoit
des pierrots, tous les sots persifflages.

Il étoit dans la Grèce un roi nommé Titus, — Du meilleur des
humains, il avoit les vertus, — Aux combats, aux conseils, toujours
comme un oracle, — Dès qu'il falloit le bien, il domptoit tout obs-
tacle. — Ce n'étoit pas un homme, ha ! c'étoit un vrai Dieu, — On
l'admiroit par-tout, à la cour... en tout lieu... — D'après sa conscience, — Et son expérience ; — Il raisonnoit, agissoit au conseil,
— Et pour bien gouverner, il n'avoit son pareil, — De ses peuples
heureux, se nommant le vrai père, — Il étoit Marc-Aurèle, il
étoit un Tibère (*)... — Agissant par lui-même et régnant à son
gré, — Il fut dans son empire, applaudi, célébré. — Tels furent

ce, au point de souffrir qu'on les affuble, à leur instigation, des peaux
de crapeaux, grenouilles, etc... J'ai déjà cité pareil exemple dans
a note 12 de celles sur l'éloge de Boileau, page 14.

(*) C'est-à-dire, le Tibère Constantin, originaire de Thrace.

parmi nous, nombre d'illustres princes... — Qui régirent si bien leurs états, leurs provinces... — Parmi des monarques si bons, — On peut, chacun le sait, compter bien des Bourbons... — Surveillons donc, mais en conscience, — Or, ayons tous respect et confiance....

Très-humbles et très-respectueuses Etrennes qui ont été adressées à S. M. LOUIS XVIII, LE DÉSIRÉ, pour l'année 1822.

SIRE,

Je voudrois prendre beaucoup de peines, — Pour vous offrir des étrennes, — Or, n'étant qu'un simple chevalier, — Ni général (*), ni chancelier, — Je crains votre indifférence, — Attendu l'étiquette, et puis la convenance..... — Mais fut-on né du fameux Bucéphal (**), — d'Alfane, ou de Bayard... on n'est qu'un animal... — Et si le bisayeul fut un éléphant colosse, — On pourroit néanmoins, n'être au fait, qu'une rosse... — Laissons donc la naissance, et sur la qualité, — Sans être trop entêté, — Ne visons qu'au mérite, — Et des vertus fixons l'élite... — Dès-là, que votre Majesté — Puisse être en félicité, — Pendant trente ans encor, sans douleur ni souffrance, — Pour le bonheur de la France... — Moi-même puissé-je le voir, — Pour mieux remplir tout mon devoir, — Et malgré mes années, — compter les vôtres fortunées !!!!

(*) Ni général, — *comme c'est mentir!!! Hé donc! mes anciennes fonctions en momens si difficiles, de chef de légion, de commandant de bataillon, de président, de maire, notable, etc... Voyez mes anciens ouvrages et encore les pages 20 et 21 de mon souper du P.*

(**) Bucéphal, *pour Bucéphale,* — *Adel pour Adèle,* — *Nigot pour Nigaut* — *Encor pour encore... — Licences poëtiques...*

Voyage avec mon Sylphe, dans les régions éthérées.

Pour cette fois, je fus transporté, non plus comme dans l'œil de bœuf du château de Versailles, mais bien dans une grande et superbe galerie, à peu près ainsi que celle de ce magnifique château, galerie pourtant plus magnifique encore, puisque c'étoit celle même des cieux...

J'y trouvai semblables groupes que ceux des Champs-Elysées, dont j'ai parlé dans mon dernier ouvrage. — J'eus l'honneur d'aborder Louis XII et des célèbres ministres, qui s'entretenoient de mon aréopage des bois, et présentoient sérieusement leurs idées sur un bon choix de vrais jurisconsultes, magistrats et littérateurs; ce n'est point disoit-on, dans un illustre cercle, ce n'est point avec le cadeau des bougies, des jettons, etc... que l'on doit faire ses études, son droit... La noblesse n'est que la supposition physique et morale de toutes les connaissances littéraires et vertueuses, elle doit être plus difficile que toute autre caste, attendu les préjugés sur l'affectation que naguère on lui reprochoit encore, pour ne point travailler, ne point payer ses dettes, et ne pas même apprendre à lire, ce qui la met dans l'aimable nécessité de respecter plus que personne les cendres de nos grands hommes, littérateurs et jurisconsultes. — On vint à parler aussi de la censure, je m'étonne qu'on ait tant crié sur cet article, nous dit Louis XII, n'a-t-on pas l'apologue, le drame et la satire; tout en frondant le vice, ne faut-il pas épargner la personne?... Charles II, Roi d'Angleterre, nous cita à ce sujet deux traits, le premier d'un auteur mis au pilori pour libelles contre ministres et le contraste d'absolution pour injures contre des souverains; le second celui de Voltaire, observant que dans la lettre du plus galant homme, on trouveroit de quoi faire pendre son auteur, et dans l'Evangile même, une supposition d'hérésies... Il concluoit de ces deux traits, qu'une censure n'avoit pas des effets aussi cruels, aussi barbares... Hé donc! les amendes... les confiscations... la prison... sur quoi la Peyrère nous cita les juges qui du temps de l'inquisition brûloient les sorciers et partageoient leurs dépouilles, etc... Le roi Charles ajouta : « et nos Anglais ne se sont-ils pas mis de la partie, pour la pucelle d'Orléans?... Horace, Boileau et Juvénal nous démontrèrent qu'une seule satire pouvoit atteindre ceux des grands et des princes, qui seroient en possession de briser les lois comme de simples toiles d'araignées.

Abordant ensuite un autre groupe, où l'on voyoit Jules-César, on le combloit de complimens, sur sa clémence et le sacrifice en quelque sorte de sa vie, pour avoir trop négligé l'effusion du sang de ses concitoyens, or Louis XVI eut la gloire d'avoir beaucoup de part à ces complimens, à cause de sa candeur, de cette même clémence qu'il a prévu devoir être un jour si nécessaire à ceux de ses homicides. — On n'oublia pas Henri IV, qui nourrissoit les Parisiens, tout en les assiégeant; et vous mon frère, dit Jules, en parlant à Frédéric, roi de Danemarck, c'est vous qu'on doit surtout féliciter, vous qui n'aviez pas, comme vous le disiez à votre fils, une seule goutte de sang sur les mains. — Des crimes on passa aux simples maléfices; aux injures on fit venir et l'on complimenta ces deux fameux et respectables religieux, l'un recevant un soufflet, et désarmant le furieux *frappeur*, en se mettant à genoux, et tendant sa joue pour en recevoir un autre... et le deuxième s'écriant : qu'il souhaiteroit entrer en paradis en même temps que son *frappeur*. — Thémistocle disoit à un furieux qui le maltraitoit, frappe, mais écoute... On vit aussi Licurgue qui, au lieu de punir, prit chez lui et accabla de bienfaits le furieux qui lui avoit crevé l'œil, en le forçant ainsi d'abhorrer un crime dont le funeste résultat se présentoit sans cesse à sa vue pendant toute la journée, tandis qu'en deux minutes il eût perdu la vie...

Or, considérez, nous dit Mécène, avec quelle ardeur je devois jeter mes tablettes au nez d'Auguste, en le traitant de bourreau, lui qui, sans doute, dans un moment d'humeur farouche, vouloit faire punir tout de mort, pour soufflets, propos, etc..... — Alors j'allai joindre, entendre les deux ministres Sully et Jeannin, s'entretenant de majorité démagogique et royaliste. On cita sur la première celle qui avoit produit une des principales causes de l'homicide de Louis XVI, et l'on fit des vœux pour toute majorité royaliste, en manifestant les plus grandes espérances pour qu'elle ne devint ni despotique ni aristocratique, ni *sabrante*, ni *dragonante*, ni *inquisitoriale*. — Du reste on convint dans tous les groupes que la trituration des lois doit être discutée sur-tout par les députés du peuple; mais toutefois aussi sans manquer de confiance pour l'ordre des pairs, si recommandable par ses principes monarchiques et populaires. — Enfin on ajouta que si malheureusement il arrivoit des troubles, le Prince régnant est le dictateur né de l'état, qu'alors il doit reprendre toute la force du pouvoir, jusqu'au calme définitif. — Hélas! pourquoi faut-il qu'il y ait plusieurs côtés, quand il n'en faudroit qu'un seul, véritablement constitutionnel, mais encore une fois, dit-on, le constitutionnel, sous le prétexte de la faveur et de la force multipliée, n'a-t-il pas déjà étouffé l'unité du pouvoir le plus sage et le plus modéré, dans la personne sacrée du feu roi Louis XVI. — Evitons donc toujours les extrêmes; c'est en ce moment que j'aperçus Fénélon avec les saints Vincent de Paul et François de Sales, ils s'entretenoient de ces extrêmes qui, dans la révolution, ne souffroient point de cultes... Mais voilà des missions; oui, oui, un culte, dit Fénélon; or, gardons-nous de l'autre extrême, c'est-à-dire de l'inquisition; sur ces entrefaites, Molière vint à passer: Fénélon et les saints eux-mêmes en prirent occasion pour se rappeler et répéter quelques passages de son Tartufe. — Oui, messieurs, leur dit Molière, il ne faut pas croire que le merveilleux en impose comme du temps de l'idolâtrie, quand à moi, je leur assurai avoir vu dans la révolution pour ainsi dire fouler aux pieds les signes extérieurs et sacrés du culte, et cela non-seulement par des hommes qu'on signaloit comme être, les uns les plus absurdes et les plus grossiers, mais oncore les autres, comme les plus distingués et les plus éclairés. — Je m'écriai : « Vive Saint Vincent de Paul, portant en mission des millions dans la Lorraine, la Champagne, la Brie, et nos charmantes contrées, qu'il seroit à désirer de voir la mission existante maintenant dans notre petite jolie cité de la Ferté-sous-Jouarre, de la voir faire pleuvoir des pistoles, pour rembourser par humanité ou autrement, notre onéreux péage, rien que l'intention pourroit piquer d'honneur, si le bénéfice est déjà aussi important qu'on le dit.... L'illustre Bossuet, nous assura lui, qu'il y auroit pensé... lui-même, malgré son antipathie contre le quiétisme, et Fénélon sont convenus que des pistoles aussi bien employées, vaudroient bien des génuflexions, des pénitences, de la tristesse, et ventre-saingris nous dit Henri IV, mon antique frère, le Roi David, ne dansoit-il pas devant l'arche du Seigneur, et Jésus lui-même, toujours notre divin philosophe par excellence, étoit-il si triste et si grave,... eh. donc! l'eau changée en vin aux nôces de Cana, les justes et fines paraboles, la joyeuse résurrection, l'assurance du salut, tout prouve que Jésus avoit, j'ose le dire, comme moi, la véritable gaîté d'une bonne conscience; si

Jésus a bien voulu être le fils de l'Homme, gardons-nous bien d'abuser de cette indulgence plénière de notre Dieu Sauveur, comme faisoit le Cardinal abbé Dubois, dans ses *incognito* avec le prince duc d'Orléans... N'oublions jamais la nature sacrée du divin prophète, et n'allons pas lui prêter toutes les passions de l'humanité... Il n'est au contraire aucune vertu angélique dont l'homme - Dieu ne doive être orné..... Or, sans vouloir critiquer, il est possible que par fois des cagots, des caffards prennent un masque triste et morose, mais l'agneau sans tache, et la tendre colombe, jouent avec les petits qui sont de leur sang, et souvent leur mère avec eux. — Si d'ailleurs Dieu représente dans le ciel un roi sur la terre, que diroit ce dernier, si ses sujets étoient sans cesse à genoux... à lamenter... à lui demander.. solliciter... gardons-nous donc, encore une fois de l'extrême..... des exagérations..... Bien que Bossuet, quand on venoit lui rapporter quelques vices, ou fredaines, de ses bons curés, observa aux délateurs que Dieu apparemment, n'avoit pas permis qu'il ne fut servi que par des Anges, néanmoins les ministres surtout, ne devroient être choisis que parmi les individus abondans dans tous les premiers talens possibles, moraux et physiques, science, littérature, déclamation, musique, etc... éloquence, poésies pour les cantiques, hymnes, etc... Comme on parloit de tout ce mérite distingué, nous aperçumes un grand et bel homme, c'étoit un ecclésiastique de cette première distinction dans les talens dont nous venons de parler, c'étoit enfin le doyen Hattinguais, ancien curé de notre Ferté, celui-là en visitant les pauvres, découvroit les huches, pour voir s'il y avoit du pain, il vendoit exactement jusqu'à ses culottes et ses casseroles, pour les en fournir, il n'étoit pas moins gai, il faisoit aussi des chansons, et au passage des dames de France à la Ferté, pour aller aux eaux de Plombières, il en fit une si joyeuse, qu'elle fut chantée à la cour, il étoit mon conseil et mon défenseur, j'étois alors bien jeune, et déjà j'avois composé des poésies sur lesquelles je consultois l'aimable et respectable pasteur, je me rappelle de celle d'une tendre et charmante Mélanie. « *Encore si les échos*, etc...

M. de Lameth, député et mon ancien protecteur, avec lequel j'ai souvent discuté, (*) conféré, sur-tout chez le marquis de St-Cha-

___

(*) *Puisque nous parlons d'un député, je dirai que je suis toujours surpris du profond silence à l'assemblée, de mon aimable et*

mant, lui qui, ainsi que M. Etienne, seroient surpris de voir chanter la
passion, eh bien ! j'aurois voulu qu'ils eussent entendu mon vénérable
doyen, ayant une superbe voix, et chantant la passion, lui 3.º; c'étoit
une onction !.. un charme... une divine suavité !.. on l'eut prit pour
Jésus lui-même, enfin, à ce sujet de Jésus et de la Passion, il faut
voir les notes de mon ouvrage intitulé : *Vers sur différens sujets*, et
ma lettre à MM. les premiers gentilshommes, pour ma tragédie de J. C.

Quand à mon Doyen, il étoit si gai, si probe, qu'un jour dînant
au château de Saint-Ouen, près la Ferté, avec feu M. le duc de
Montmorency, un des plus riches propriétaires de France, et ce Seigneur lui demandant comment il avoit trouvé sa soupe, — presque
aussi bonne que la mienne. — Monsieur le doyen, c'est un défi
que vous me portez, — L'acceptez-vous, monsieur le Duc ? — Oui
mon doyen, et de tout mon cœur. — Le duc tint parole, il est
convenu que la gouvernante du doyen faisoit une meilleure soupe
que celle de son chef de cuisine, bien entendu en dépit d'une éco-
nomie forcée ; mais le meilleur encore, c'est que le doyen, toujours
charitable, et le duc, aussi généreux, ils ont profité de cette joyeuse
journée pour en faire une excellente au profit des pauvres de la Ferté. (*)

Enfin mon sylphe et moi étant sur le point de partir, on termina
cette mémorable et céleste journée par quelques réflexions sur certaines
tracasseries de province sur tout, telles que celles de plusieurs négo-
cians, gros marchands qui voudroient qu'on leur comptât leurs justes
et fréquentes assiduités sur leurs ports et dans leurs magasins, comme
un vrai *stage* d'Académie ou de barreau, qui se donnent même pour
des César, des Gerbier, des Voltaire... Or, voyant mon sylphe

---

gros compatriote *Ménager*, l'un des députés de notre département,
ayant discuté aussi plusieurs fois ensemble, et tout mince et petit que
je sois, m'étant fait une idée adéquate sur la solidité de son talent...

(*) A peu près pareille scène est arrivée à défunt mon oncle le
curé de Montgé, aimable oncle, dont j'ai parlé dans les notes de
mon souper du président, telle scène, dis-je, lui est arrivée avec feu
le marquis du Coudray père, riche seigneur du Plessis-aux-Bois,
l'un de mes anciens cliens, n'étant encore que fort jeune maître Clerc...
et pour en revenir au doyen Hattinguais, c'étoit aussi l'aimable oncle
de l'ancien législateur de ce nom, mon ancien camarade de collége
et cléricature....

prendre son essor, Jésus, Henri IV, Socrate et Fénélon eurent l'extrême bonté de ne pas dédaigner de me recommander en ma qualité d'écrivain, de toujours bien abonder dans mes invitations à la concorde, à la paix. « Puisque chacun a ses défauts, dirent-ils, on doit se le pardonner réciproquement... la paix... la paix... clémence... indulgence... sur-tout point d'effusion de sang humain... on me demanda d'ailleurs copie de mes quatrains relatifs à la constitution, commençans par ces vers, savoir :

« Un roi ne répond pas à des sujets rebelles, etc...
  En grande république, on veut tous commander, etc...
  La constitution est nécessaire au roi, etc....
  Obéir à son roi, c'est le premier devoir, etc....

On exigea sur-tout celui qui suit :

« La personne du prince est d'ordre inviolable,
« C'est un mode sacré, qu'il faut irrévocable..
« Le peuple n'est qu'un corps dont la tête est le roi,
« Blesser l'un, ou tous deux, c'est révolte à la loi.

Ami lecteur, félicitez-moi d'avoir un sylphe aussi commode, qui tout aussi bien que celui du prince des philosophes, de Socrate enfin, me transporte avec autant de facilité, tantôt dans les Champs-Elysées, tantôt dans les régions éthérées..... On voit bien qu'il pourroit me transporter de même par-tout l'Univers, et l'Europe sur-tout.... hé donc!... n'avons-nous pas déjà les télégraphes... si de plus nous comptions les ballons... Allons... allons, patience... point de jalousie... ayons tout espoir.....

ERRATA.

Page 14 de mon dernier ouvrage intitulé : Seconde édition de la *Courte-Paille et du Congrés*, placez une étoile après le mot *jovial*. — Page 6, au lieu et votre expérience, lisez ; à votre expérience. — Page 11, au lieu d'où fut surpris, lisez : on fut surpris. — Même page, après apôtre, lisez : c'est une lettre pour une autre. — Page 12, au lieu de Germains, lisez Germain. — Après *conclus*, lisez : Réformant les abus. — 15, au lieu d'honneurs, lisez honneurs. — 16, au lieu d'Aristote, lisez : Aristote.

Demeurant à cinq lieues de l'imprimeur, il ne faut pas s'étonner de se voir glisser quelques légères fautes de plus....... Mais je le répète, il est facile de vérifier qu'en général, mes ouvrages sont supérieurement imprimés....

.. Puisque nous sommes à *l'errata*. — J'aurois aussi à citer les erreurs des autres, 1.º celle d'un certain journaliste parlant mal des brochures, comme si en impression, tout n'étoit pas brochure, les plus sublimes tragédies, satires, odes, etc...... commençent par être des brochures... aimeroit-il mieux un *in-folio* sur l'Etimologie du mot *Perruque* ? 2.º les persécutions, calomnies contre certains savans, surtout *Poëtes*.. Je citerois jusqu'à l'antique anecdote de Sophocle, et son triomphe contre l'indigne et barbare Cabale de ses enfans, qui s'ennuyoient de le voir vivre trop long-temps ; 3.º enfin je parlerois des rassemblemens... du drapeau rouge,.... d'une nouvelle légion que j'appellerois LA LÉGION FLAMBOYANTE, parce qu'elle seroit composée d'un escadron de çavalerie, dont les premiers rangs porteroient de grands flambeaux, en parcourant soit en corps, soit par détachemens, les rues obstruées... mais autant que possible, en faisant plus de peur que de mal...

www.ingramcontent.com/pod-product-compliance
Lightning Source LLC
Chambersburg PA
CBHW061517170626
46811CB00004B/1743